Hans-Georg Rauch

Die Striche kommen

Von der Lust zu zeichnen

Basilisken-Presse

Die Deutsche Bibliothek – CIP-Einheitsaufnahme

Rauch, Hans-Georg:
Die Striche kommen : von der Lust zu zeichnen / Hans-Georg Rauch. – 2., erw. Aufl. – Marburg
an der Lahn : Basilisken-Presse, 1997
   ISBN 3-925347-42-9

2. erw. Auflage 1997
Alle Rechte vorbehalten
© 1997 Basilisken-Presse, Marburg an der Lahn
Herausgeber: Dieter Distl, Neuburg an der Donau
Umschlaggestaltung: Thomas Bonnie, Hamburg
Satz und Druck: Danuvia Druckhaus Neuburg GmbH, Neuburg an der Donau
Buchbinderische Verarbeitung: Thomas Buchbinderei, Augsburg
ISBN 3-925 347-42-9

Für Uschi

Hallo Freunde,

beim Zeichnen dieser Blätter habe ich mich manchmal gefragt, ob Ihr wohl versuchen werdet, sie nachzuzeichnen, und ob das richtig wäre. Ich glaube nicht. Jeder zeichnet anders als der andere. Sonst brauchte ja im Grunde nur einer zu zeichnen. Und das wäre langweilig für die anderen . . . Fast so langweilig wie Fernsehen.

Fangt am besten damit an, daß Ihr Eure eigenen Striche zeichnet. Ihr könnt sie in Steinen, Baumrinden oder Blättern finden – in Baumrinden kann man ganze Landschaften entdecken, und Wolken bilden Tiergestalten und Gesichter. Plötzlich merkt man, daß in allen Dingen andere Dinge sichtbar werden. Wer sie sieht, ist darum keineswegs ein weltfremder Träumer, im Gegenteil, er sieht nur ein bißchen mehr als die anderen.

Wenn Ihr vor einem weißen Blatt Papier sitzt und wollt einen Baum zeichnen, müßt Ihr Euch fragen: Wo soll er hin? Unten rechts? In die Mitte? Warum? Wie groß soll er sein? Was für Striche verwende ich? Ist gerade Winter oder Sommer? Steht der Baum einsam in der Landschaft oder ist da noch etwas anderes? Ihr müßt es selber entscheiden. Niemand kann Euch dreinreden. Und es ist manchmal gut, etwas zu tun, bei dem einem niemand dreinreden kann.

Hans-Georg Rauch

Am Phantasietag ist im Papierland jeder Strich unterwegs, um den großen Umzug zu sehen.

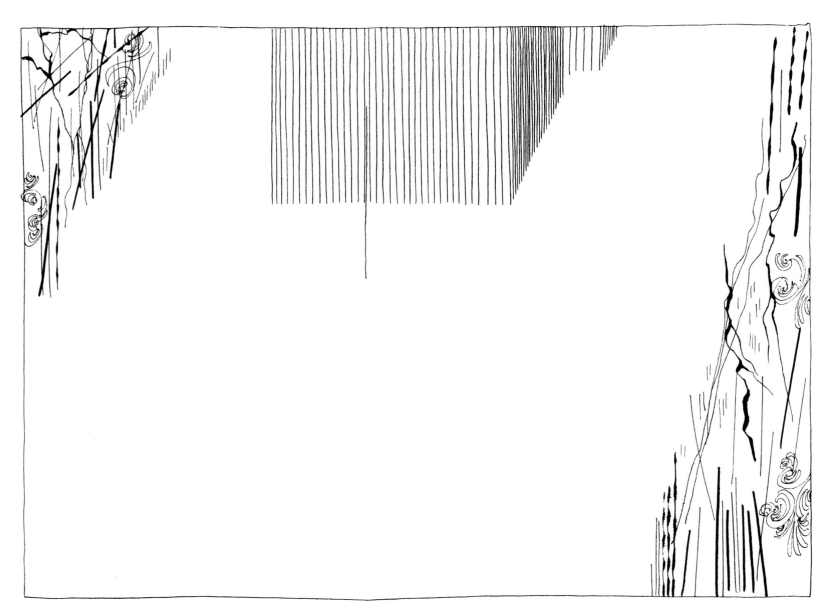

Da kommt er schon. An der Spitze marschieren die Dünnstriche.

Wie sie so vorbeiziehen, türmen sie sich zu Wolkenkratzern.

Einige legen sich quer und bilden einen Abendhimmel.

Und dann verdichten sich andere Dünnstriche zu langgestreckten Wolken.

Schließlich liegen sie alle parallel, und schon herrscht dichter Nebel.

Jetzt kommen sie schräg von oben herunter, und es regnet.

Die Menge der Striche am Straßenrand ist froh, als Dünnstriche und Regen abziehen
und die Winzigstriche kommen.

Da bilden sie auch schon eine Wiese mit Blumen und einer Tanne.

Dann fügen sie sich zu Stühlen, und einige legen sich zu Zeitungen zusammen.

Hier türmen sich die Winzigstriche zu einem riesigen Berg mit weißen Schneeflächen.
Er ist genau 4005 Meter hoch.

Aber die Winzigstriche können noch mehr.
Wieder lassen sie weiße Flächen frei – Licht auf Gesichtern.

Die am Straßenrand sind begeistert, aber sie freuen sich schon auf die Schwingstriche.

Da sind sie – ein wilder Garten.

Vögel schwingen sich auf und schimpfen auf die Katze.

Ein Boot schwingt auf den Wellen – zwei Strich Backbord!

Da kommen die Dickstriche und schlagen schnell eine Brücke über das Wasser.

Aber ehe noch jemand darübergehen kann,
trennt ein Zaun aus Dickstrichen die zuschauenden Striche.

Kaum haben die Dickstriche Gleise zu einem Bahnhof gelegt . . .

. . . da kommt auch schon eine Lokomotive aus Dünndickstrichen angeschnauft.

Der Cowboy Billy Joe, der dem Zug sehnsüchtig nachsieht, ist mit Dünndickstrichen gezeichnet.

Der Vorhang schließt sich. Die Vorstellung der Dünndickstriche ist zu Ende.

Alles wartet auf die Langstriche. Da kommen sie schon.

Die Langstriche sind Spezialisten für Falten.
Wer hat wohl die meisten? Der Elefant mit seinem langen Rüssel?

Oder der alte Mann?

Oder Mutter Erde?

Häßlichstriche gibt es auch, und sie nehmen sich wichtig.

Aber ihre Bäume haben keine Blätter!

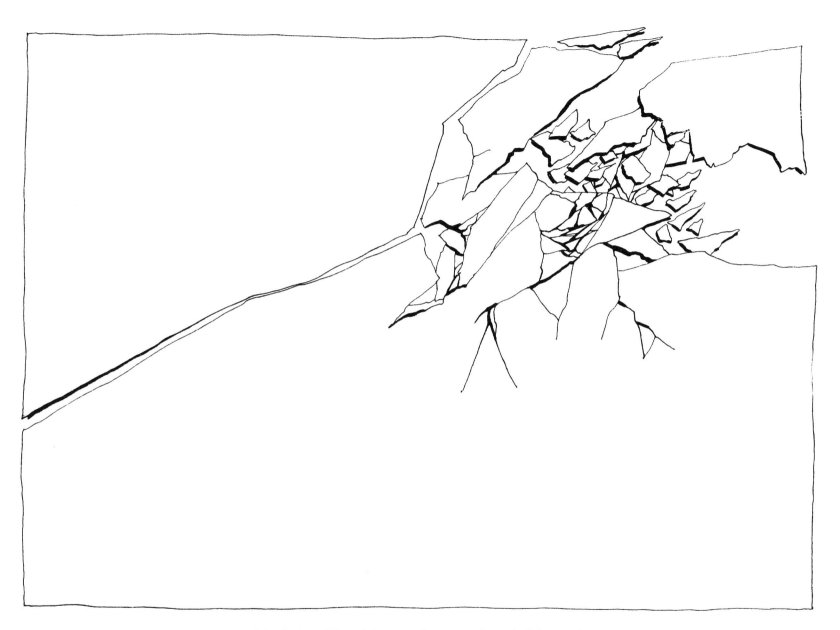

Und das Blatt hier zerfetzen sie mit Rissen!

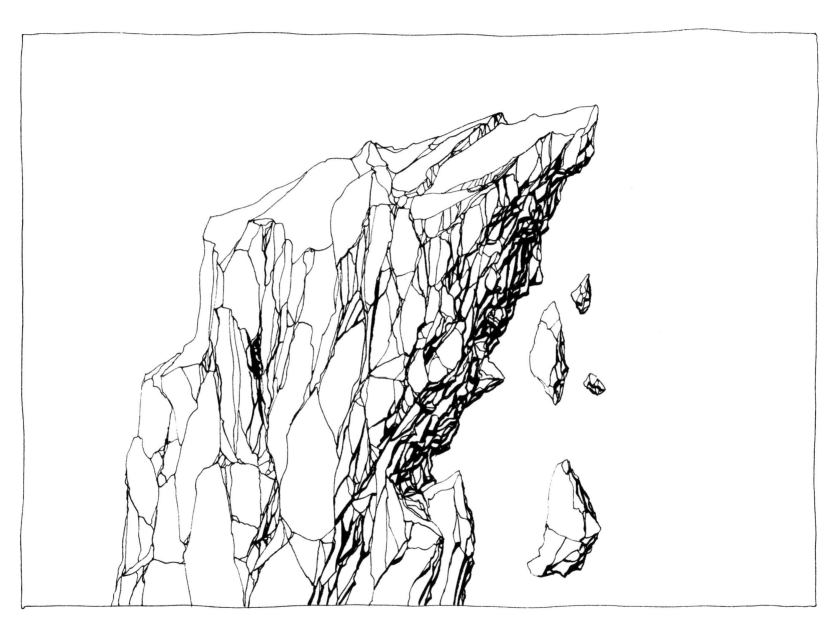

Brocken reißen sich vom rissigen Felsen.

Hier kommt etwas Neues: Zwei Stricharten treten miteinander auf.

Dünnstriche und Dickstriche zeigen, wie weit ein Haus vom anderen entfernt ist.
Sie üben sich in Perspektive und sind ungeheuer stolz darauf, denn Perspektive ist etwas Schweres.

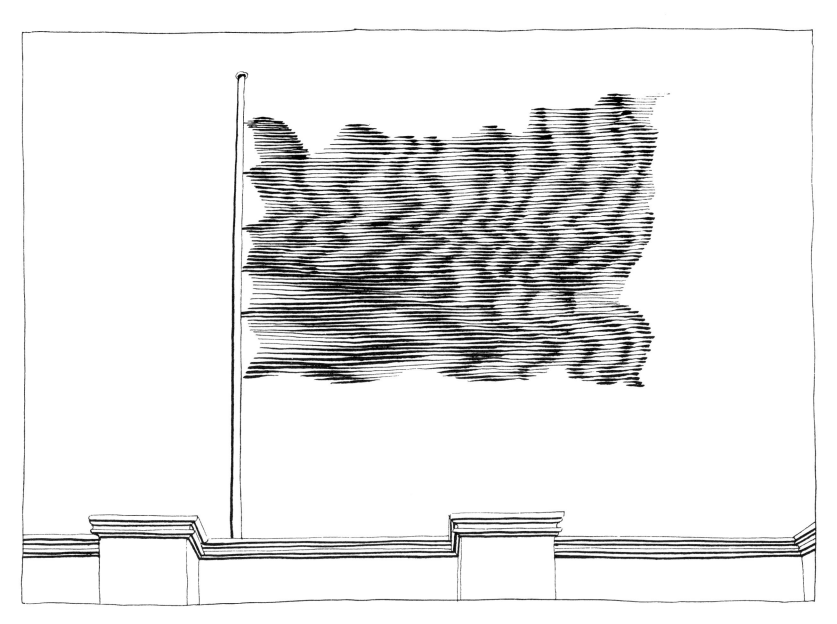

Dünnstriche und Dickstriche tun sich mit den Dünndickstrichen zusammen,
und schon bewegt sich auf dem Haus die Fahne im Wind.

Hier bewegen sich die Ameisen, kleine dicke Häßlichstriche
mit Beinen aus Winzigstrichen, über einen Ast aus Dünndickstrichen.

In Eiseskälte ragen hier die Dünnstriche und die Winzigstriche zu Eisbergen auf.

Aber schon wenige Schwingstriche bieten ein freundlicheres Bild.
Langstriche zeichnen den Horizont.

Viele Schwingstriche schwingen kräftig drauflos
und heben sich als Abenteuerinsel aus den Fluten der Dünndickstriche.

Die Insel wuchert ins nächste Bild – eine einsame Blume in der Wüste.

Ein Geier aus Schwingstrichen fliegt auf und läßt sich auf einem dürren Baume nieder.

Der Baum reckt sich hoch in den Abendhimmel.
Die Sonne verbirgt sich hinter Wolken, wie man an ihren weißen Rändern sehen kann.

Die gleichen Wolken stehen auch über der weißschäumenden Brandung.

Die Sonne taucht hinter der Brücke ins Meer – ein weißer Kreis.

Unter dem Wasser bei den Korallen und Fischen dämmert es verschwommen.

Die Langstriche haben sich eng übereinandergelegt und es ist dunkel geworden.
In den Wolkenkratzern brennt noch Licht.

Wer nicht schwindelfrei ist, muß am nächsten Morgen schnell wegsehen.
Winzigstriche eilen in der Tiefe geschäftig hin und her – wie richtige Menschen.

Wenn man es zu eilig hat, kracht's . . .

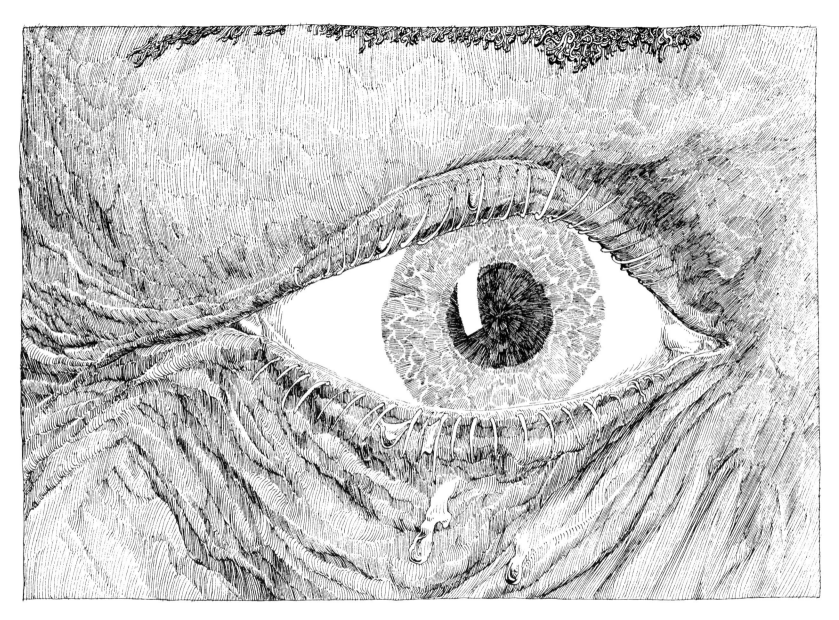

. . . und es gibt Tränen.

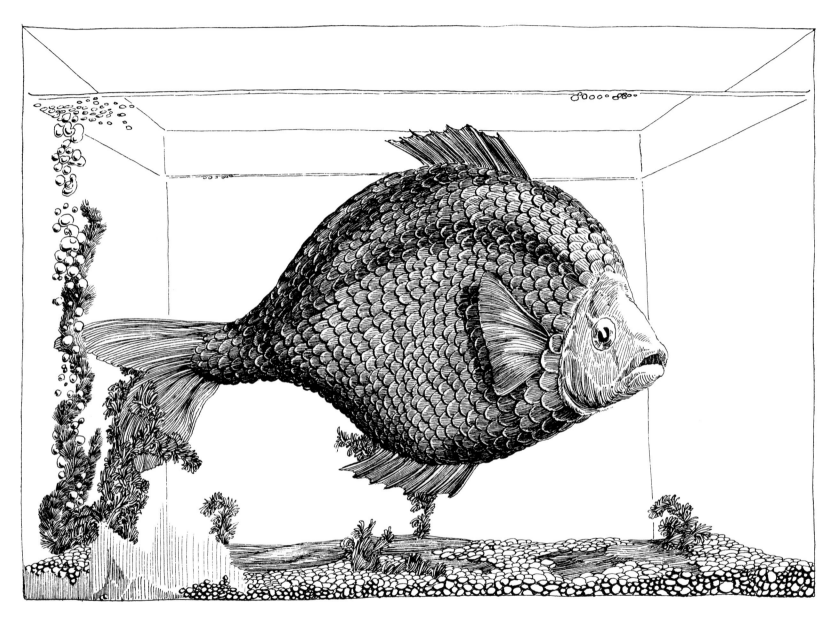

Der Goldfisch steht gelassen in seinem Aquarium . . .

. . . es sei denn, es kommt ein Stein geflogen.

Aber der Stein trifft ihn nicht mehr, denn der Umzug der Striche ist zu Ende und das Buch ist aus.

Über die Kunst und die Technik des Zeichnens gibt es viele Bücher mit nützlichen Hinweisen, wie man Striche zieht und wie eine Perspektive auf dem Papier kreiert wird. Diese Bücher sind meistens ziemlich langweilig und lehrerhaft. *Die Striche kommen* von Hans-Georg Rauch ist da schon von anderer Qualität. Das Buch macht richtig Spaß. Schon nach wenigen Seiten greift man nach Bleistift, Feder oder was auch immer, um es selber zu probieren und nachzumachen. Hier geht es wirklich um die Lust zu zeichnen.

Das Buch ist mehr oder weniger zufällig entstanden. Der Norddeutsche Rundfunk drehte 1977 einen Film mit dem Künstler über das Zeichnen. Was kann alles mit einer Zeichenfeder getan werden? Dieser Film wurde in New York im Goethe-Haus gezeigt, in Anwesenheit von Charels Scribner, dem bekannten amerikanischen Verleger. Für ihn war sofort klar, daß dieses Thema auch in Buchform erscheinen müßte. Und das Buch erschien: *The lines are coming. A book about drawing.* Kurze Zeit später kam bei Rowohlt die deutsche Ausgabe heraus.

Ich kenne wenige Künstler, die so besessen von dieser Lust zu zeichnen sind wie Hans-Georg Rauch. Der Titel des Buches besagt schon, daß es sich bei ihm um ein innerliches Bedürfnis handelt, ob er will oder nicht: die Striche sind da und melden sich einfach, er braucht sie nur auf das Papier zu zaubern. Zeichnen war für ihn nicht nur Lust, sondern Leidenschaft und Leben.

Geboren wurde er 1939 in Berlin, wo er bei seinem Großvater aufwuchs. Nach dem Besuch der Grund- und Realschule war er in Wilhelmshaven tätig als Schaufenstergestalter. In seiner Freizeit zeichnete er. Die Wilhemshavener Rundschau veröffentlichte seine ersten satirischen Zeichnungen, die sich mit Konrad Adenauer und der deutschen Remilitarisierung befaßten. Rauch verbrachte auch selber einige Zeit in der Bundeswehr. Sarkastisch hat er einmal bemerkt, dort seine geistige Ausbildung zum Karikaturisten abgeschlossen zu haben. In der Bundeswehr hat man auch versucht, erzählte er weiter, ihm beizubringen zu töten, Stiefel zu putzen und das Maul zu halten, aber ohne Erfolg. Auch später hat er nicht gelernt sein Maul zu halten. Er sagte immer seine Meinung, auch unter schwierigen Umständen und: er zeichnete seine Meinung.

Nach seinen Anfängen in Wilhelmshaven studierte er an der Hochschule für bildende Künste in Hamburg (1961–1963), wo er das »akademische« Zeichnen lernte. Aber sehr begeistert war er davon nicht. Seit Mitte der sechziger Jahre arbeitete er als freischaffender Künstler, was nicht immer einfach war. Aber er wußte was er kann und, was wichtiger ist: mehrere Zeitschriften und Zeitungen, »all over the world«, wußten es auch: Der SPIEGEL,

Look, The Observer, Stern, New York Times, DIE ZEIT. In kürzerster Zeit standen seine Zeichnungen in diesen renommierten Blättern. Berühmt wird ein Titelbild des SPIEGEL: der Kopf des Chinesenführers Mao, gezeichnet aus hunderten von kleinen Chinesen, eine akribische Arbeit (1971).

In der Welt der Werbung wurde Rauch eine vielgefragte Person. Er arbeitete für mehrere große Firmen wie Olivetti, Xerox, BASF, BMW. Und für die Wochenzeitung DIE ZEIT gestaltete er eine Werbekampagne, mit Witz und Intelligenz.

Ende der sechziger Jahre erschienen seine ersten Bücher, aber nicht in Deutschland, sondern in Frankreich und in der Schweiz. Die Kritiker sind begeistert von seinem Talent. Ein Franzose schreibt nach Erscheinen von *Dessins à regarder de près* (Paris, 1967): »Hier haben wir es ganz sicher mit dem originellsten Zeichner unserer Zeit zu tun – viel origineller als es gewisse Amerikaner sind, die durch massive Publicity lanciert wurden«.In Deutschland hat Georg Ramseger, ein profunder Kenner der satirischen Zeichenszene, früh erkannt, daß Rauch ein sehr besonderer Künstler ist. Im Katalog zu einer seiner Ausstellungen im Wilhelm-Busch-Museum in Hannover (Mai–August 1981) schreibt er, daß bei Rauch Arbeitswut, Durchhaltewille und ein Ehrgeiz ohnegleichen am Werke sind »den Kerl Hans-Georg Rauch nach

oben zu boxen«. Auch ich hatte oft Gelegenheit, ihn bei seiner Arbeit zu beobachten und kann nur bestätigen, was Ramseger bemerkt. Rauch wußte, welch großes Talent er hatte und forderte von sich selbst, diese seine Begabung auch einzusetzen. Und das ist ihm sowohl künstlerisch als auch sozialpolitisch gelungen.

Kennzeichnend für ihn war, daß er sich nicht auf ein Genre festlegte. Bis zu seinem Tode im Dezember 1993 erneuerte er sich. Federzeichnungen, Radierungen, Farbzeichnungen, er versuchte alles, um richtig zum Ausdruck zu bringen, was in ihm lebte – und tobte. Wenn er nicht zufrieden war mit seiner Zeichnung oder Radierung, auch wenn er daran Tage gearbeitet hatte, wurde sie weggeschmissen und er fing von vorne an. Er demonstrierte eine Art Besessenheit und verfügte über »eine diabolische Genauigkeit«, wie eine Schweizer Zeitung einmal schrieb. Im Laufe der Jahre wurde er immer zorniger über diese unsere Welt und gleichzeitig litt er darunter. 1984 fand in Amsterdam ein Symposium über die Funktion der politischen Karikatu statt, wo Rauch anwesend war. Leidenschaftlich polemisierte er dort gegen englische Journalisten, die der Meinung waren, daß Karikatur »just for fun« ist.

Seine Arbeiten, die Zeichnungen und Radierungen, verdeutlichen, wie unsere industrialisierte Gesellschaft am Ende des 20. Jahrhunderts funktioniert. Meiner Meinung nach gibt es nur wenige Künstler, die uns so viele und vor allem so tiefe Einblicke in soziale, politische und gesellschaftliche Verhältnisse ermöglichen. Besonders die Zeitzeichen in der Wochenzeitung DIE ZEIT, ab Januar 1982, sind eine wahre Fundgrube für Sozialwissenschaftler. Ohne Übertreibung kann Rauch ein zeichnender Philosoph genannt werden, der seine Gedanken über Probleme von Minderheiten und Außenseiter, über Machtverhältnisse und Vergangenheitsbewältigung, um nur einige zu nennen, auf brillante Weise zu Papier gebracht hat.

Das Wichtigste an ihm war, daß er ein engagierter Zeitgenosse war – und nicht nur auf dem Papier: er lebte, was er dachte und zeichnete: er hatte Zivilcourage. Mit seiner Frau Uschi (mit der er seit 1965 verheiratet war) nahm er teil an der Sitzblockade in Mutlangen gegen die Stationierung amerikanischer Raketen, er engagierte sich in den Protesten gegen die Volkszählung, er war Mitbegründer des *Café International* in Worpswede, wo Asylanten deutsch lernen und sich zuhause fühlen können. In Hamburg hat er einmal den Straßenbahnverkehr zum Erliegen gebracht, weil ein Fahrer die Türen schloß, obwohl noch ein junger Afrikaner heraneilte. »Ihn müssen Sie auch mitnehmen!!«, brüllte er. Der Fahrer wollte dies nicht, die Straßenbahn wartete, andere Straßenbahnen dahinter mußten auch warten, nichts ging mehr, bis die Polizei kam und Rauch mit-

nahm. Es gibt noch viele andere Beispiele seiner Zivilcourage.

Die Striche kommen … Einen schöneren Titel kann es nicht geben. Bei Rauch sind sie gekommen und zeigen uns, wo es lang geht, ob wir damit einverstanden sind oder nicht.

Köln, im März 1997   Koos van Weringh

Literatur:
H. G. Rauch. 1939–1993. SatireVision. DuMont Buchverlag, Köln 1995.

Biographische Daten

zusammengestellt von Ursula Rauch

1939 Hans-Georg Rauch wird am 21. 6. 1939 unehelich in Berlin geboren. Die Mutter verheimlicht die Identität des Vaters, die Familie lehnt die Aufnahme des Kindes zunächst ab. Rauch wird von der SS in ein Kinderheim verbracht, erleidet körperlichen Zwang und Hunger. Auf Initiative einer Tante Rückkehr in die Familie unter Obhut des Großvaters.

1955– nach Besuch der Grund- und Realschule in Wilhelmshaven
1958 als Schaufenstergestalter tätig

1958 kurzzeitige Anstellung als satirischer Zeichner beim ›Weserkurier‹ in Bremen

1958– Militärdienst: »die geistige Ausbildung zum Karikaturisten
1959 abgeschlossen.« (HGR)

1960 besucht das Studienatelier Prof. Kaschak, Hamburg

1961– Studium an der Hochschule für bildende Künste, Hamburg,
1963 bei Prof. Bunz (Schrift/Typologie), Prof. Thiemann und Prof. Grimm

1964 Studienaufenthalt in Südfrankreich

1965 Mitarbeiter zahlreicher europäischer und amerikanischer Zeitschriften (u.a.. Look, Spiegel, Observer, New York Times, Stern, Zeit). Heiratet Ursula Vorhauer

1969 erste Buchveröffentlichung

1970 Preis der Heinrich-Zille-Stiftung für sozialkritische Graphik, Reise in die USA

1971 erste Ausstellung im Wilhelm-Busch-Museum, Hannover

1974 erste Radierung

1981 erste Retrospektive im Wilhelm-Busch-Museum, Hannover; wird in verschiedenen deutschen Museen gezeigt und anschließend vom Goethe-Institut in die USA geschickt

1982 Beginn der graphischen Kolumne »Zeitzeichen« in DIE ZEIT

1983 Engagemant in der Friedensbewegung: Ursula und Hans-Georg Rauch nehmen zusammen mit anderen prominenten Künstlern und Intellektuellen an der Sitzblockade in Mutlangen gegen den Nato-Doppelbeschluß und die Stationierung amerikanischer Raketen teil. H. G. Rauch beteiligt sich auch später im Jahr an der Aktion in Mutlangen

1984 Adoption von Kay, einem dreijährigen koreanischen Jungen. Beginn einer ›zeichnerischen Kooperation‹ von Vater und Sohn. Gestalten gemeinsam u.a. ein Plakat für ›Terre des Hommes‹

ab
1985 Arbeit am Architekturbuch

1986 Das Goethe-Institut sendet eine große Ausstellung in die Niederlande, nach Belgien und anschließend in die USA, nach Kanada, Hong-Kong und in die Volksrepublik China. Reise nach China

ab farbige Landschaftszeichnungen,
1986 Arbeit an der ›Physiognomia arborum‹

1987 ›Cartoonist of the Year‹ und Ausstellung in Montreal, Kanada. Reisen nach Kanada und Kreta: neuerliche Auseinandersetzung mit der Landschaftsdarstellung, besonders auf dem fast jährlich stattfindenden Reisen ins Berner Oberland

1988 Marokko-Reise

1990 beginnt die Arbeit mit farbigen Stiften zum Thema ›Aufstand der Landschaft‹

1991 Beteiligung an der Gründung einer Initiative und eines Cafés zur Unterstützung politisch Verfolgter in Worpswede. Reise nach Schottland

1992 entsteht das Buch ›Aufstand der Landschaft‹. Eine Ausstellung wird in Schloß Moritzburg bei Dresden gezeigt

1993 Norwegen-Reise. Am 23. Dezember 1993 stirbt Hans-Georg Rauch unerwartet in seinem Haus in Worpswede

1995 Retrospektive im Wilhelm-Busch-Museum, Hannover

1996 Retrospektive in der Städtischen Galerie im Fürstlichen Marstall in Neuburg an der Donau